AF555771

POÉSIES DIVERSES,

Par M. le Chevalier DE BONAFFOS DE LATOUR, *Capitaine au Régiment de Vexin.*

A METZ,

Chez JOSEPH ANTOINE, Imprimeur ordinaire du Roi.

M. DCC. LXXVIII.

AVEC PERMISSION.

AVERTISSEMENT.

CES diverses pieces de Poésie sont un hommage que je rends à la Religion, cette Reine des cœurs, à ma Patrie & à mon Roi. Puissent-elles contribuer à leur gloire, & étendre le regne de la vertu en la vengeant des outrages qu'on lui fait! C'est le seul objet que je me propose, & la seule récompense que j'attends. Mes Lecteurs ayant égard au motif qui m'a guidé, daigneront m'accorder leur indulgence.

AU ROI.

NON loin du champ de Mars, au temple de Janus,
Sur les lys triomphans, regne un nouveau Titus;
Sur sa tête, le ciel affermit sa couronne;
Mieux que les droits du sang, la vertu la lui donne
Plus craint pendant la paix que ces fiers conquérans
Qui vont porter la mort, pour regner en tyrans.

SUR un trône de fleurs à sa droite on admire
Cette Reine qui vint pour orner son empire;
L'Autriche l'enfanta, comme un bienfait nouveau,
L'étoile de la France éclaira son berceau;
Elle guida les pas & les soins de sa mere,
Qui, formant ses vertus, lui donna l'art de plaire.

Cette étoile, aujourd'hui, d'un rayon lumineux,
Annonce cet enfant, objet de tous nos vœux,
Et nous dit que le Ciel protecteur de la France,
Par des dons précieux marquera sa naissance.

L'Olive qui fleurit à côté des lauriers,
Brille près du Monarque & ravit les guerriers :
Elle trace des cœurs, des sceptres, des couronnes,
La main de la justice y prépare des trônes,
Pour asseoir les vertus qui regnent dans son cœur,
Où ses heureux sujets vont puiser le bonheur.
Quand Louis porte aux cieux l'éclat qui l'environne,
Son peuple seme en paix les lauriers de Bellone.
Un funeste repos n'engourdit point son bras;
Il mesure sa force, il s'apprête aux combats.
Peut-il craindre jamais les cris de la nature?
Que ce peuple est puissant ! l'amour est son armure.

LES EFFETS
DE L'ENVIE.

POEME.

AVERTISSEMENT.

Le flambeau de la rébellion ne fut pas allumé en France par la Religion, qui ne prêche que douceur & clémence. C'est à la seule ambition des grands, c'est-à-dire, à leur envie de dominer, que l'on doit attribuer les ravages qui ont désolé trop long-tems ce Royaume.

Pour inspirer toute l'horreur que mérite l'envie, je peins le carnage affreux qu'elle occasionna, en fascinant les François par le mot imposant de Religion. Ce Poëme est terminé par la défaite de l'envie détruite par le Ciel. J'y ajoute un mot sur le bonheur actuel de la France, sous notre bienfaisant & vertueux Monarque, aussi admiré des Nations étrangères, que chéri de ses sujets.

On ne sera pas étonné de voir un Militaire consacrer sa plume à soutenir la cause de la Religion & de ses concitoyens, quand on fera attention que la Religion est la source de la plus solide gloire à laquelle on puisse & l'on doive prétendre.

LES EFFETS DE L'ENVIE.

POEME.

VIens apprendre, ô mortel ! à connoître l'envie,
De ton plus doux repos l'implacable ennemie ;
De la Religion dérobant le manteau,
Sur les yeux des François elle jette un bandeau.
Souffle en leur ſein le feu des diſcordes civiles,
Pour bâtir un palais des débris de leurs villes ;
Et ſe flatte en ſecret que de leur triſte flanc,
Va ſortir à grands flots un long fleuve de ſang ;
Mais pour mieux déguiſer ſes haines meurtrieres,
Aux peuples préſentant de trompeuſes lumieres,
Elle ira ſur l'autel, d'un bras profanateur,
A nos ſacrés flambeaux, allumer ſa fureur :

» Employons notre glaive à protéger l'Église,
» Et de l'erreur, dit-elle, arrêtons l'entreprise.
» Laisserons-nous en proie à son avidité,
» Ces florissans États (*a*) où luit la vérité?
» Contre elle nous saurons tourner ses propres armes:
» Qu'importe que la guerre excite les alarmes?...
Le François ébloui par ce prétexte faux,
Ignore qu'elle apprête un déluge de maux.
La rage est dans ses yeux, & le fiel de sa bouche
Va dessécher les fleurs que son haleine touche:
L'orgueil est sur son front, jamais il ne rougit,
Et d'un encens impur sans cesse il la nourrit.
On voit sous ses drapeaux ces ames sanguinaires,
Qu'enfanta sa noirceur en de sombres repaires.
Déjà leurs prompts secours aident ses coups mortels,
Mais le trône en tombant, (*b*) brisera les autels.
Pour défendre l'Église, hélas! elle l'opprime;

(*a*) La France: on pourroit dire toute l'Europe, où le Protestantisme faisoit tant de progrès dans ces tems malheureux.

(*b*) La défense de la Religion & de l'État est presque toujours le masque dont se couvrent les esprits vains & séditieux.

Va-t-elle à la vertu par le chemin du crime ?
O crédule François ! en aveuglant ton cœur,
Elle force tes mains à combler ton malheur.
S'avançant à tâtons par des routes funèbres,
Elle fuit le grand jour & cherche les ténèbres. (*a*)
Sans doute elle appréhende, en voyant ses forfaits,
Que son bras interdit ne détourne ses traits.
» Si de la soif du sang, l'erreur est dévorée,
» Elle peut, dit l'envie, être désaltérée :
» D'un plaisir fait pour moi, fallut-il me priver....
» Qu'au sein de ses sujets elle aille s'abreuver.
La grêle sur nos champs cause moins de ravage,
Que ce monstre acharné n'en fait sur son passage.
Nul sexe, nul état par lui n'est épargné;
Du sang qu'il fait couler, l'enfer est étonné.
La Seine qui le voit souiller son onde pure,
En fuyant son aspect, redouble son murmure.
Les nœuds sacrés de fils & de pere & d'époux

(*a*) C'est à la faveur de la nuit, que l'envie fit commettre les plus horribles meurtres.

Ont bientôt diſparu ſous l'effort de ſes coups.
Il pénétre par-tout, atteint, ébranle, perce,
Aſſouvit ſa fureur ſur les corps qu'il renverſe,
Et les entaſſe au ſein des gouffres entr'ouverts,
Qui ſemblent ſous ſes traits à ſes vœux s'être offerts.
A peine ſon regard peut compter ſes victimes:
Quels crayons aſſez noirs traceroient tous les crimes
D'un monſtre plus affreux qu'un lion rugiſſant,
Que l'enfer parmi nous vomit en frémiſſant?
L'horrible déſeſpoir & la faim dévorante (*a*)
Conduits par ſa fureur, ſurpaſſent ſon attente.
A ce monſtre, on diroit que prêtant leur appui,
Ils font tous leurs efforts pour l'emporter ſur lui.

De toutes ces horreurs la nature éperdue,
Pouſſe des cris perçans & détourne la vue,
L'Égliſe à ſes ſoupirs mêle ſa ſainte voix, (*b*)

(*a*) Les horreurs de la guerre civile ſurpaſſent encore tous les déſordres des guerres ordinaires.

(*b*) La Religion condamne la cruauté, & gémit des outrages qu'on lui fait, en confondant ſes principes invariables avec les abus occaſionnés par les paſſions des hommes.

Et se plaint que l'envie attente sur ses droits.
» O démon déchainé, fléau de mon empire,
» Dit-elle en gémissant! Quel monstre me déchire?
» Mes enfants infectés du venin de ses yeux,
» Secondent ses projets croyant venger les cieux.
» Hélas! est-il erreur qui leur soit plus funeste?
Mais son cœur oppressé ne put finir le reste.
L'Océan est moins sourd, quand ses flots en fureur,
Au vaisseau fracassé vont porter la terreur.

L'envie ayant armé le fils contre le pere,
Pour fruit d'un attentat digne seul de lui plaire,
A ce malheureux fils d'un faux zéle abusé,
Elle laisse la honte & l'horreur du passé.
On entend une voix sortant du sombre abyme,
Nous dire que jamais il ne connut ce crime:
La terre lui répond par des mugissemens,
Qui forcent les enfers à plaindre les vivans.

Les tigres & les ours, dans leur rage perfide,
Peuvent s'apprivoiser sous la main qui les guide:

Mais l'envie eſt ſans frein, ſans pitié, ſans remords,
Et veut voir tous ſes pas jonchés de mille morts.
Devenant à la fois aſſaſſin & parjure,
Elle irrite le Ciel, la France & la Nature.....
Ma muſe m'abandonne & mon œil s'obſcurcit,
Tous mes ſens ſont glacés & mon eſprit frémit.
Ciel! un trait meurtrier décoché par l'envie,
Des jours de notre Roi (*a*) rompt la trame chérie!
» Ah! dit-il, mes ſujets, mon trépas ſeroit doux,
» S'il pouvoit de ce monſtre appaiſer le courroux...
Des ſoupirs s'exhalant de ſa bouche expirante,
Nous retracent l'état de ſon ame ſouffante.
L'excès de ſa tendreſſe eſt toute ſa douleur;
L'envie en le frappant, n'a bleſſé que ſon cœur.
La mort de ce bon Roi, ſans doute, eſt ſon ſalaire,
Peut-elle ſe payer d'un forfait ordinaire?
Ce qui manque à ſes traits, eſt atteint de ſes yeux;

(*a*) HENRI III. Quoique l'hiſtoire nous inſtruiſe de cet attentat horrible, on a peine à croire qu'il ait exiſté des ames aſſez noires pour aſſaſſiner des Rois, qui ſont les images de la Divinité.

Que ne puis-je, dit-elle, embraser tous les lieux!
En est-il à l'abri de sa rage cruelle? (*a*)
Si le tems la détruit, le tems la renouvelle.
Tout nous peint ici bas son courroux inoui;
Mais le cœur qui la flatte est le premier puni:
Des traîtres, des tyrans, se rendant le complice,
Elle exile, elle enchaîne & conduit au supplice
Les Princes, les sujets, qui frappés de ses coups,
Dans les plus vifs tourmens, meurent à ses genoux.
Peut-être que le Ciel en eût purgé la terre,
S'il n'eût vu que ce monstre épargnoit son tonnerre.
Oui, Paris pleure encor ses infames excès.
Combien, dans son enceinte, il commit de forfaits!
Jours de calamités... opprobre de l'histoire,
Qui des braves François virent ternir la gloire!
Jours de larmes, de deuil, & que la vérité
Transmet avec douleur à la postérité!
Puisse le tems vengeur anéantir leur trace!

(*a*) Personne n'ignore combien l'envie a immolé de victimes en tout pays, & sur-tout en France, sous une fausse apparence de zele ou de justice.

Mais il eſt des forfaits que jamais il n'efface.

Le meurtre, le déſordre auroient terni nos jours,
Si le Ciel attendri n'eût arrêté leur cours;
De la France éplorée il entend la priere:
Auſſitôt ſur ſa tête éclate ſa lumiere;
» Qu'elle apprenne, dit-il, que mon bras tout puiſſant
» Déſarme le coupable & déteſte le ſang,
» Que la Religion, ferme appui de mon trône,
» Pour les cœurs vertueux prépare une couronne;
» Elle, qui gémiſſant de l'erreur des mortels,
» Des larmes qu'elle verſe inonde ſes autels.
» L'aimable vérité, toujours pleine de charmes,
» La perſuaſion ſont ſes uniques armes. (*a*)

La France dont le Ciel déchire le bandeau,
Voit l'envie occupée à creuſer le tombeau,
Où ſes tendres ſujets deſcendoient tous en foule,
Submergés dans le ſang qui de leur ſein découle;

(*a*) Ce n'eſt ici qu'une foible eſquiſſe du portrait que les Livres Saints nous font de cette Reine des cœurs. L'impiété s'efforce de lui ravir les hommages qui lui ſont dus, en lui imputant des forfaits dont elle eſt innocente.

Elle

Elle alloit aux remords abandonner ſon cœur,
Lorſque ſon regard s'ouvre aux rayons du bonheur,
Par lui s'éteint le feu de la guerre civile;
Des cendres de Paris renaît une autre Ville;
Le Soleil éclatant ſur ſon char radieux,
Se hâte de montrer ce triomphe à nos yeux.
Des fruits de la nature il preſſe la naiſſance,
Et l'univers charmé voit fleurir l'abondance.
Les ruiſſeaux dans leur cours en ſe précipitant,
Inſtruiſent les vallons de leur bonheur naiſſant.
Sur des prés émaillés va ſerpenter la Seine,
Qui fuyoit triſtement, en rampant ſur l'arène.
De l'aveugle François le ſang ne coule plus,
Les crimes de l'envie ont fait place aux vertus.

Le Ciel a ſubjugué ce monſtre formidable,
Que la France croyoit devoir être indomptable.
Dans les bras de la gloire elle goûte les fruits
D'une paix qu'affermit le regne de Louis;
Ce Monarque chéri, ce Roi digne de l'être,

Qui déja regne en Pere, & qui gouverne en Maître.
L'envie oseroit-elle aborder ce séjour
Gardé par ses vertus, ses bienfaits & l'amour ?

TRIOMPHE DE MARIE

Et dévouement de la France à cette Auguste Mere.

ODE.

DE quelle étonnante merveille
Me vois-je tout-à-coup frappé!
Du spectacle qui me réveille,
La pompe ne m'a point trompé.
Dans mon extase, je m'écrie!
N'en doutons point; oui, c'est Marie
Que je vois au milieu des airs;
A cette Vierge triomphante,
Les Cieux, objet de son attente,
Par le Très-Haut vont être ouverts.

Cette puiſſante Protectrice,
Qui de l'homme change le ſort,
En domptant l'enfer & le vice,
Triomphe même de la mort.
Son corps devient incorruptible,
Comme ſon ame inacceſſible
A tous les efforts du péché;
Et tout éclatant de lumiere,
Il ſort du ſein de la pouſſiere,
A laquelle il eſt arraché.

Oui, cette Vierge incomparable
N'éprouve point l'arrêt fatal
Que Dieu lance ſur un coupable,
Qui veut ſe rendre ſon égal.
La foudre gronde, & la tempête,
De Marie épargne la tête.
Rien ne ternit ſa pureté;
Le péché la craint & ſe cache;

Elle eſt exempte de la tache,
Qui ſouillera l'humanité.

Aux pieds du trône de ſa gloire,
Fume l'encens de l'univers :
Le Ciel ravi de ſa victoire,
Remplit nos ſens de ſes concerts.
Le Firmament, la Terre, l'Onde
Pleins de l'ardeur qui les ſeconde,
Nous enrichiſſent de leurs dons:
La fleur des champs dans ſa parure,
Et tous les fruits de la nature
Volent au devant des ſaiſons.

En tous lieux les chants d'allégreſſe
Célébrent la Reine des Cieux,
L'enfer déſarmé nous confeſſe
Que ſon bras eſt victorieux.
Elle vient de briſer la chaîne

Qui captivoit la race humaine ;
Sa main, pour venger l'Éternel,
Renverſe l'idole du crime :
Le cœur eſt la ſeule victime,
Qu'elle immole ſur ſon autel.

La Cité Sainte eſt ſa patrie,
Ses yeux ſont-ils faits pour les pleurs ?
En les fermant à cette vie,
Elle nous laiſſe ſes faveurs.
France reconnois ton aſyle,
Sur cette mer reſte tranquille,
Contre toi que peuvent ſes flots ?
Une Vierge arrête leur rage,
Ils expirent ſur ton rivage
Que reſpectent tous les fléaux.

Elle protège ton Empire,
Dans ſon appui vois ton pouvoir ;

Ton amour ſaura te preſcrire
La meſure de ton devoir.
Louis occupe ſa tendreſſe,
Sans que pour lui ton cœur la preſſe;
Cette Mere auprès de ſon Fils,
Veille à la gloire de ſes armes,
Empêchant que jamais les larmes
N'arroſent la tige des lys.

Nos Monarques font leurs délices
De t'offrir leurs États divers:
Reine aimable, ſous tes auſpices,
Préſerve-les de tous revers.
Ils entendent que ta clémence
Leur aſſure ton aſſiſtance;
Le Ciel en ce glorieux jour,
T'ouvrant les portes éternelles,
A leurs ames prête des aîles,
Pour te ſuivre au divin ſéjour.

Tu vois la guerre qui s'allume,
Soutiens le bras de nos Héros,
L'amour, qui pour toi les consume,
En leur main place tes drapeaux.
Qu'à leur aspect l'ennemi tremble;
Que mille traits lancés ensemble
Renversent tous ses vains projets!
Mais, que dis-je? Vierge admirable,
Puisse la paix si désirable
Être le fruit de tes bienfaits!

Que le triomphe de Marie,
Rende le calme à nos climats!
Par lui la piété chérie,
Conservera tous ses appas.
France, à ta mere sois fidele;
Pour elle signale ton zéle;
Qu'à son Autel ta vive foi
Brûle du feu de ta priere;

A jamais honore la Mere
De l'Auteur de ta Sainte Loi.

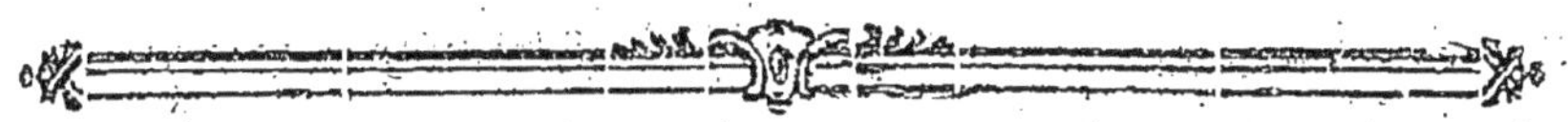

INGRATITUDE DE L'IMPIE ENVERS DIEU.

ODE.

JUSQUES à quand, aveugle impie,
Te ſignalant par des horreurs,
Te verrons-nous couler ta vie
Dans un cahos de mille erreurs?
Puiſſes-tu voir le ſombre abîme,
Que ſous tes pas creuſe le crime!
Il ſeroit prêt à t'engloutir,
Si Dieu, ſuſpendant ſa colere,
N'avoit pitié de ta miſere,
Pour t'inviter au repentir.

FERMANT l'oreille à ses Oracles,
Si tu nous dis dans ta fureur,
Que tu doutes de ses miracles,
Ta bouche, ingrat, dément ton cœur.
Mais que l'univers te réponde,
Que sa voix seule te confonde,
A chaque instant il parle aux yeux,
Et te dit que son existence
N'est qu'un essai de la puissance
Du Dieu de la Terre & des Cieux.

QUAND ton orgueil sur ses mystères
Jettant un regard criminel,
Ose soumettre à tes lumieres
Les ouvrages de l'Éternel,
Loin de punir ta fiere audace,
Son silence annonce ta grace,
Et le Ciel paroît plus sérein.
Pense-tu qu'en juge inflexible,

Armé de ſa foudre terrible,
Il vienne t'écraſer ſoudain?

L'HOMME ſe venge, un Dieu pardonne:
Par tes pleurs lave tes forfaits;
Il t'aſſeoira près de ſon trône
Où l'amour regne avec la paix.
Toujours préſent à ſa mémoire,
A te ſauver il mit ſa gloire.
Quoiqu'embraſſant l'immenſité,
Seul il ſe ſuffiſe à lui-même,
Il ſemble à ſon bonheur ſuprême
Qu'il manque ta félicité.

ARRÊTE donc eſprit rébelle,
Je vois la foudre dans les airs
Qu'une main tendre & paternelle
Daigne convertir en éclairs.
Le Ciel deviendra ta conquête.

En t'accuſant, courbe la tête,
D'un cœur contrit & pénitent ;
Écoute la voix qui te crie,
Que l'Homme-Dieu donna ſa vie
Pour te ſauver en expirant.

SENTIMENS
D'UN MILITAIRE CONVERTI.

ENTRAINÉ par l'appas de l'exemple perfide,
O ù le vice funeste en ses conseils préside,
Je me livre au plaisir, sans mesure & sans frein;
Son charme séducteur dirige mon destin.
Tout semble, autour de moi, seconder mon ivresse:
Je n'entends plus la voix de l'aimable sagesse;
De frivoles objets mon esprit se repaît,
Hélas! Fut-il jamais un instant satisfait?
L'exemple corrupteur étalant ses maximes,
Me déguise en vertus de véritables crimes.
Contre les vifs remords qui tourmentent mon cœur
Je me fais un rempart de sa coupable erreur.
Esclave de mes sens, je voudrois ne pas croire;
Mais la vérité vient s'offrir à ma mémoire,
Et me dit: doute-tu qu'un Dieu plein d'équité,

N'arme un jour son courroux contre l'iniquité ?
Apprends que l'Éternel auteur de la justice,
Couronnant la vertu, n'épargne pas le vice.
Quoi ! Pouvois-tu penser, en écoutant l'erreur,
Qu'il placera le juste à côté du pécheur? . . . . . .
Mais, parmi les éclairs que fait briller sa foudre,
Elle me montre un Dieu toujours prêt à m'absoudre.
O jours infortunés! Quel eût été mon sort,
S'il ne m'eût retiré des ombres de la mort ?
Ce Maître bienfaisant pressé par sa tendresse,
Pour m'attirer à lui, m'invite & me caresse;
Il use de clémence, il tempère sa Loi,
Pour regner sur mon cœur plus en pere qu'en Roi;
Il mesure ses dons sur mes ingratitudes,
Et change mes penchans en saintes habitudes;
Sa grace en un clin d'œil convertit en douceurs
Mes soucis, mes remords, mes larmes, mes terreurs.
Semblable au matelot qui, sauvé du naufrage,
S'endort paisiblement sur le bord du rivage;

Au ſein de la vertu je goûte cette paix ;
Qui pour l'ame fidelle eut toujours tant d'attraits ;
Je me ſens inondé d'un torrent de délices,
Et le Ciel me reçoit ſous ſes tendres auſpices.

Mais hélas ! Tout l'enfer jaloux de mon bonheur,
Aiguiſe contre moi les traits de ſa fureur,
Par mille illuſions m'agite & me tourmente ;
Le crime à mon eſprit ſans ceſſe ſe préſente.
Tel qu'un arbre placé ſur le bord d'un torrent
Lutte contre les eaux & la fureur du vent,
Je m'arme, je combats, j'héſite, je chancelle,
A la vertu doutant ſi je reſte fidele.
Dans le trouble ſubit qui pénétre mes ſens,
Je n'apperçois en moi que des feux renaiſſans :
Mais Dieu qui m'éprouvoit, me dit, c'eſt pour ta gloire,
Tu combats ſous mes yeux crains-tu pour la victoire ?
Auſſi-tôt je réponds ; mon Dieu plutôt des fers,
Que regner loin de toi ſur cent peuples divers !
Sur la terre il n'eſt pas de ſi grand ſacrifice,

Que pour toi chaque jour mille fois je ne ﬁſſe !
Fallut-il éprouver les plus affreux tourmens,
L'amour ſeroit le cri de mes jours expirants.

LE DANGER DE L'AMOUR.

DALILA, de Samſon avoit juré la perte,
Il s'endort dans ſes bras, ſon ame s'eſt ouverte,
L'amour, qui le captive, arrache ſon ſecret,
Le ciſeau ſur ſa tête, il tombe, il eſt défait.
Mortels, fuyez l'amour, des fleurs cachent ſa chaîne,
Il nous attire à lui par la voix du deſir;
Mais dès qu'un jeune cœur a ſenti ſon haleine,
Il éprouve auſſi-tôt le cruel repentir.
Du chemin qu'il choiſit, le penchant eſt rapide:
Il y marche en entrant d'un pas foible & timide;
Mais bientôt il ſe hâte, il cherche le bonheur,
Le bandeau ſur les yeux, il ne voit point l'abîme,
Tout obſtacle eſt franchi par ſa tendre pudeur,
Et ſouvent dans la route il eſt pris par le crime.

AVERTISSEMENT.

L'Epître suivante parvint à M. de Voltaire ; mais je ne crus pas devoir la faire paroître de son vivant. Je n'y ai employé que des couleurs puisées dans le fond du sujet, & placées par la main du sentiment. Son pinceau produit toujours les plus grands effets : il ménage l'amour-propre, & prépare une victoire assurée à la vérité.

ÉPITRE A M. DE VOLTAIRE.

VOLTAIRE, qui croira dans la postérité,
Que ton esprit fécond combat la vérité?
Vers ton cinquième lustre, aux traits de sa lumiere
Il s'échauffe, il s'allume, & souvent nous éclaire. (*)
Plus d'un jour on te vît, respectant notre foi,

(*) *Voltaire, dans sa Henriade, un de ses premiers ouvrages, s'exprime ainsi :*

CH. VII. A ta foible raison garde-toi de te rendre,
Dieu t'a fait pour l'aimer, & non pour le comprendre. . . .

CH. X. La puissance, l'amour avec l'intelligence
Unis & divisés composent son essence. . . .

CH. X. Il avoue avec foi que la religion
Est au-dessus de l'homme & confond la raison.
Il reconnoit l'église ici bas combattue
L'Eglise toujours une & par-tout étendue,
Libre, mais sous un chef, adorant en tout lieu
Dans le bonheur des Saints, la grandeur de son Dieu.
Le Christ de nos péchés victime renaissante,
De ses élus chéris nourriture vivante
Descend sur les autels à ses yeux éperdus,
Et lui découvre un Dieu sous un pain qui n'est plus. . . .

Je n'ai ajouté ces citations qu'à l'édition, ayant jugé que Voltaire qui avoit peint ces grandes vérités avec tant d'énergie, n'avoit pas besoin qu'on les lui mît sous les yeux.

Lui payer un tribut que t'imposoit sa loi.
Tu connois ses trésors, ton cœur les apprécie,
Quelle force en leur sein puiseroit ton génie !
L'univers, qui par lui fut sans cesse échauffé,
Verroit l'erreur vaincue & le vice étouffé.
Ton feu toujours actif en ton hyver petille,
Pour égarer nos pas, pourquoi faut-il qu'il brille ?

Le sentiment te parle & sa voix te suffit
Jamais fut-il besoin d'éclairer ton esprit ?
Toi, qui l'affranchissant de la route ordinaire,
Pénétres de la foi l'auguste Sanctuaire :
Là ton ferme regard mesure son contour ;
Notre travail d'un an ne te coute qu'un jour.
L'Éternel t'avoit fait pour instruire la terre ;
Mais au lieu de leçons, tu lui portes la guerre.

Je ne viens point ici flatter ta vanité,
On ne monte au vrai bien que par l'humilité ;
L'enfer créa l'orgueil pour peupler son empire,
Et jamais la vertu près de lui ne respire.

Il enfante le crime, & conduit à l'erreur,
En jettant ſur nos yeux un voile ſéducteur.

Si, cédant à ton Dieu, tu deviens ſa conquête
Quel bien pour les mortels! pour le Ciel quelle fête!
Ce Monarque puiſſant jaloux de ton retour,
Fait taire ſa juſtice & n'entend que l'amour.
Du ſoleil, qui t'éclaire, il retarde la route;
Il ſemble l'arrêter dans la céleſte voûte:
D'une main ſur ta tête il tient les cieux ouverts,
De l'autre loin de toi recule les enfers.
De ſes arrêts ſacrés ſa parole eſt le gage;
Sa lumiere chez toi préviendra le naufrage.
Il aime à pardonner: ſes bienfaits te l'ont dit;
Sur l'aveugle pécheur ſa tendreſſe gémit.
A le frapper de mort il ne peut ſe réſoudre;
Pour annoncer ſa grace, il fait gronder ſa foudre.
Son bruit eſt un accent que profère ſon cœur;
VOLTAIRE, c'eſt un Dieu, que nous peint ſa douceur.
Pourroit-il dans ton cœur établir ſon empire,

Sans inſtruire & toucher l'Europe qui t'admire!
Chacun s'écrieroit en voyant ton retour,
Il eſt, n'en doutons point, l'ouvrage de l'amour:
Par ſes dons on ſçait plaire au monarque ſuprême;
La crainte fait l'eſclave, à peine il ſçait s'il aime.
Il tremble, il s'humilie, & tous ſes ſentimens
Aux yeux de l'Éternel ne ſont qu'un foible encens.

Auguſtin, ce Docteur, que l'égliſe révére,
Ce flambeau lumineux, qui par-tout nous éclaire,
S'agite dans ſes fers, & combat ſes remords:
Tout l'enfer contre lui fait mouvoir ſes reſſorts:
Sortant de ſon ſommeil, il entrevoit l'aurore
De ce jour deſiré, que ſes pleurs font éclore.
A ſa vive lueur il court briſer ſes nœuds,
Et par le repentir éteindre tous ſes feux.
Le bienfait qu'il reçoit, encourageant ſon ame,
Il vole en tous les lieux pour y porter ſa flamme.
Son exemple eſt un aſtre, & les cœurs endurcis
Par ſes rayons perçans bientôt ſont attendris.

La main qui guerissoit sa blessure profonde,
Porte la joie aux Cieux & la lumiere au monde.
Le vil respect humain n'enchaîna point son cœur;
VOLTAIRE, Qu'il est grand d'avouer son erreur!

UN soupir vertueux de ta bouche éloquente
Dissipera l'effroi de la vertu contente:
L'éclat à son aurore accompagna ses pas,
Devoit-il s'éclipser au moment du trépas,
Diroient nos cœurs frappés de ta fin déplorable,
Si tu te refusois à ton Dieu favorable?
Sa grace te convie, il presse ta raison,
De voler à ses pieds recevoir le pardon.
Abandonnant ta Cour, monte sur le Calvaire,
A la place d'un Juge, on trouve un tendre Pere.
Son sang qui fume encor pour laver nos forfaits,
De l'enfer en courroux repousse tous les traits.

PLEURE, sonde ton cœur, courbe-toi sous la cendre.
Dans le sombre tombeau bientôt tu vas descendre.
Ce mot m'est échappé.... Pardonne à ce guerrier

Qui veut unir pour toi les palmes au laurier:
Sa main, quoique novice, orneroit ta couronne
Des fleurs de la vertu que la vérité donne.

ESSAI DE MORALE.

DANS le lit du trépas un funèbre flambeau
Fait éclore à nos yeux un monde tout nouveau,
Des objets séducteurs découvre la surface,
Le voile est déchiré, le faux brillant s'efface:
On croyoit ici bas devoir être immortel,
Notre asyle étoit moins un palais qu'un autel,
Où l'encens qui fumoit aux regards de l'envie,
Aveugloit le mortel & flattoit sa folie,
En lui cachant les fers dont il sentoit le poids:
Ses penchans criminels étoient ses seules loix.
A peine croyoit-il un Dieu que tout annonce,
Entendoit-il son nom que tout être prononce.
Sur son aveuglement que lui diroient mes vers?

D'un

D'un ton plus expressif nous parle l'Univers:
C'est un livre où l'on voit sa grandeur, sa puissance,
Sa beauté, sa justice & sur-tout sa clémence.
Il est juste, il le faut: pouroit-il être Dieu?
Cette vérité sainte est écrite en tout lieu.
Voudroit-on, qu'endormi sur son trône adorable,
Il traitât l'innocent ainsi que le coupable?
Que laissant à leur gré marcher les élémens,
Ils fussent dans leurs cours incertains & flottans?
Une invisible main les conduit sans relâche,
Et le seul insensé nous dit qu'elle se cache.
Ses doigts sont imprimés sur le foible ciron.
Malgré sa petitesse, il lasse la raison.
Pourroit-elle exprimer par quel art la nature
A formé de son corps l'étonnante structure?
Comment son sang qui coule en cent canaux divers,
L'éloigne quelque tems de l'approche des vers.

Tout périt, on le sçait, tout rentre dans la terre,
Pour rendre son hommage au Maître du tonnerre,

Lui ſeul eſt Éternel; ce monde limité,
Qui n'eſt qu'un vil atôme en ſon immenſité,
Nous dit en s'écroulant que Dieu ſeul immuable
Sur ſon trône élevé demeure inébranlable:
Chaque âge, chaque état, que dis-je? chaque inſtant,
Lui porte ſon offrande en s'évanouiſſant.

F I N.

www.ingramcontent.com/pod-product-compliance
Lightning Source LLC
LaVergne TN
LVHW020249230826
846091LV00006B/2315
* 9 7 8 2 3 2 9 6 5 9 3 3 6 *